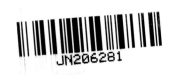

笑いあり、しみじみあり

シルバー川柳

人生に金メダル編

みやぎシルバーネット＋河出書房新社編集部 編

河出書房新社

本書は、宮城県仙台市で発行されている高齢者向けフリーペーパー『みやぎシルバーネット』に連載の「シルバー川柳」への投稿作品、および河出書房新社編集部あてに投稿された作品から構成されました。

投稿者はみな、六〇歳以上のシニアの方々です。『みやぎシルバーネット』への投稿者の多くは仙台圏在住の方ですが、それ以外の地方から投稿されている方もいます。また河出書房新社編集部へは、全国の皆さんが川柳をお寄せくださっています。なお作者の年齢は、投稿当時の年齢を記載しております。

燃え上がれ
我が残り火の
聖火台

川添雅子（72歳）

今日もまた
朝からハモる
ドッコイショ

芦立富見代（88歳）

抜け抜けと
歯抜けカッパで
生き抜くぜ

川添賢次（75歳）

どことなく
明るい響き
つるっぱげ

島田正美（75歳）

梅干と干《ほし》柿《がき》集う老人会

叶 芳雄（76歳）

同じ事
初めてのように
語る君

今野弥生（67歳）

今日暮れた
明日はアレやる
布団中

尾崎サカエ（92歳）

エアコンを
つけたつもりが
テレビつく

大友寛子（88歳）

風邪ひいて
治してみせる
バナナ食べ

熊谷みよ子（75歳）

あんぱんを
ディナーのように
食うわたし

小高辰子（87歳）

診察券
束《たば》ね揃えて
生きてやる

佐藤有為子（83歳）

がん保険資料請求で肉当たる

村田稔（71歳）

卒園の
花束かかえて
曾《ひ》孫《まご》来る

小林須美（89歳）

喋《しゃべ》りたい
だけどあんたは
詐《さ》欺《ぎ》でしょう

今井慶子（89歳）

ロマンスグレイ
ときめいたけど
セールスマン

菅原律子（86歳）

満期金
もらえる年齢
百六歳

小野つや子（75歳）

新企画
東海道中
ぽっくりげ

後藤みよ子（71歳）

婆《ばば》五人
ポックリ寺へ
初《はつ》詣《もうで》

松山敬子（83歳）

4連作　爆裂94歳！

歳《とし》の数
食べられないよ
鬼は外

用足した
トイレびっくり
男子用

西暦を
書く書類など
知らんがな

六十代
シルバーなんて
言うなよ

4句とも、町田猶子（94歳）

年とれば
キュウリもナスも
曲がり出す

横尾久美子（83歳）

咳《せき》続き
無理に止めれば
プーが出る

川中玲子（81歳）

爆音に
合わせて放《ほう》屁《ひ》
ずれすぎた

大橋庸晃（78歳）

執《しっ》刀《とう》医《い》
大きなオナラを
ほめちぎり

小林功（79歳）

赤ポスト
返事くれよと
手合わせ

庄司宗吉（88歳）

郵〒便
POST

禿《はげ》割《わり》が
あったらいいな
床屋さん

岡 邦俊（67歳）

昔見た
爺さんになってく
わが身見て

村田 稔（71歳）

キレのいい
ビール飲んでも
切れ悪し

谷本良裕（68歳）

ホッカイロ
よりあたたかい
紙パンツ

上村栄（71歳）

【特集】家は世に連れ

人生をともに当たり前のように過ごし、変わり。
家はそれぞれの想いがいつの間にか積もる場所。

特集　家は世に連れ

新築の餅《もち》まく風景今いずこ

小林須美（89歳）

誰が住む
なつかし我が家
知らぬ声

山本憲子（77歳）

手放した
家から明かり
子の笑い

岡本幸子（82歳）

特集 家は世に連れ

家売って
ホームへひらり
粋《いき》な人

佐々木美知子（76歳）

実家跡
雑草いきいき
家主です

細川悦子（81歳）

家欲しい
願って建てたが
今は邪魔《じゃま》

三浦多か子（80歳）

土地・家屋
処分しあとは
爺《あんた》だけ

秋葉秀雄（77歳）

俺と家
どちらが先に
倒れるか

阿部弘（81歳）

また揺れた
我家飛び出す
築五十

小島晴光（82歳）

風呂深い
海《かい》溝《こう》みたい
リフォーム時《どき》

波多野旬子（72歳）

住み家《いえ》
跡《あと》形《かた》も無く
パーキング

清野聡子（80歳）

グーグルで
昔の実家
覗《のぞ》き見《み》し

今野弥生（68歳）

持家なし
夫《おっと》が待ってる
天国で

小野さつき（80歳）

庭石も
松も今では
重いだけ

瀬戸睦子（76歳）

家を継ぎ
墓《はか》守《もり》するのは
ロボットかも

渡辺不二夫（78歳）

家管理
貧乏くじか
長女です

伊藤由美子（64歳）

さあ行こか
スマホ、アメ2ケ
みちづれに

阿部サダ子（84歳）

ショックよ
スマホ忘れて
歩数ゼロ

高橋えみ子（73歳）

暇《ひま》だから
スマホの絵文字
また見てる

門奈雅子（83歳）

タブレット
使いこなせず
ただの板

渡部眞由美（75歳）

テレビでは
悩めるシミ・シワ
パッと消え

小関美枝子（78歳）

若見えが
殺し文句の
化粧品

伊藤由美子（64歳）

この差なに？
妻はエステで
俺あんま

岩尾邦昭（79歳）

「できちゃった」
爺さんビックリ
シミなのに

阿部澄江（70歳）

婆《ばば》七十八
ショベルで砂積み
最後の日

孫乗せて
敷地一周
ショベルローダー

ショベル操《の》る
名物婆
だった日々

来世は
オーロラ送る
太陽に

4句とも、衣鳩智恵子（78歳）

孫という
怪《かい》物《ぶつ》盆《ぼん》に
やって来る

清水 潤（71歳）

銀《ぎん》恋《こい》を
孫とデュエット
きみ《亡夫》偲《しの》ぶ

村尾明美（70歳）

擦《す》り切れた
ジーパンはく孫
かわいそう

小野つや子（75歳）

ニューヨークの
孫の絵手紙
メールで礼

服部万吉（102歳）

血液は
まだありますか？
袖まくる

今井慶子（89歳）

頻《ひん》尿《にょう》と
便秘に悩む
二刀流

岩尾邦昭（79歳）

そうですよ
みんな余命で
生きている

村手美保（75歳）

見切り品
あなたの気持ち
分かるわよ

加藤信子（75歳）

トンカツも
二切れ残す
年齢《とし》になり

起山正樹（72歳）

歳《とし》とって
財布も骨も
スッカスカ

柳村光寛（70歳）

聴く耳が
四つあるのに
通じない

鈴木文子（82歳）

4連作 ついつい本音

何食べたい？
聞くだけ野暮か
作れない

セルフレジ
感謝ぐらい
したらどうッ

ＳＮＳ
覚えりゃ亭主
役立たず

幸せか
あんたがいなきゃ
幸せよ

4句とも、狩野やす子（84歳）

さあござれ
両手差《さ》し延《の》べ
ひ孫待つ

藤田ふみえ（85歳）

まだ逝《い》けぬ
ひ孫のカバン
買うまでは

大和田久美（80歳）

病室に
ひ孫のパワー
動画来る

大和田久美（80歳）

「まあ一杯」
盆栽に注《つ》ぐ
爺《じい》の水

個性派と
名乗っているが
頑《がん》固《こ》じい

鍋たぎる
何を煮ようと
してたっけ

自由だが
とても不便な
妻の留守

4句とも、島田正美（75歳）

古女房
美人じゃないが
オンリーワン

吉岡敏郎（82歳）

まちがいの
妻が時々
愛《いと》おしい

菅田稔（79歳）

宝物
言わず語らず
側《そば》に居《お》る

千葉友幸（74歳）

余命から
思索している
インプラント

近藤圭介（71歳）

ざまーみろ
歯医者おさらば
総入歯

青木三郎（74歳）

貴金属
二つあります
奥の歯に

平山千恵美（66歳）

寿命さえ
分かれば悩まぬ
貯金高

近藤圭介（71歳）

記憶たどり
しそ巻き作り
亡母《はは》の味

安藤恵子（80歳）

ああのお
目の前の人
名前出ず

熊谷みよ子（76歳）

半ばまで
読んで気がつく
以前《まえ》読んだ

瀬戸睦子（75歳）

ボケました
お酒くれたら
治ります

山本智志（84歳）

バラの花
ティファニー気分で
お茶をする

津島洋子（85歳）

チューリップ
あの子いつ来て
くれるかな

津島洋子（85歳）

「アラ嫌だ」
金のなる木が
枯れだした

寺田文子（73歳）

ババ元気
ゴミと一緒に
ジジもポイ

山岸文子（80歳）

エコロジー
わしゃ動けずに
寝コロ爺《じい》

古宮孝一（64歳）

脇役に
徹するボクと
パセリかな

狩野牧男（84歳）

診察を
終えて一息
サンドイッチ

鈴木春子（81歳）

嫁は言う
死ぬまで元気で
居てください

子が注ぐ
婆《ばあ》の晩《ばん》酌《しゃく》
ビール一口

色枯れて
婆《ばば》欲芽吹き
NISAを買う

株売った
うはうは喜ぶ
預金帳

4句とも、田中利子（98歳）

九〇歳以上の川柳の部屋

～あっぱれ！人生の大先輩～

90歳すぎても心踊る瞬間がたくさん！人生を楽しむご長寿達人たちの、本音がギュッと濃縮された句をどうぞ。

がんばれと
自分にご褒《ほう》美《び》
肉選ぶ

小林みつ子（95歳）

百二歳
生きる不思議の
総入れ歯

ぴったりこん
命をつなぐ
総入れ歯

2句とも、服部万吉（102歳）

麺《めん》噛《か》めず
ペペロンチーニ
舌を噛み

扇 光男（90歳）

命がけ
一度食べよか
てっちりを

藤原悦子（93歳）

真夜中の
病室ブザーを
そっと押す

佐藤直子（90歳）

ケイタイの
向こうの咳《せき》に
うつされそう

天野ハル（91歳）

初サンマ
寿命延ばして
悦《えつ》に入《い》る

塩野フミ子（90歳）

百歳の
ゴール願って
鶴を折る

斉藤恵美子（96歳）

逢《あ》うたびに
好きやと言われ
夢心地

坂井艶子（90歳）

帽子好き
今年も新品
晴れ女

高橋知杏（95歳）

ソックスに
小さきリボン
微《ほほ》笑《え》んで

川端照子（91歳）

この階段
お棺《かん》通るか
心配だ

加藤美枝子（95歳）

百歳の
長い挨拶
終わらない

山本敏行（98歳）

あの人も
暇《ひま》なのか
また通り道

町田猶子（94歳）

まだ九十
出来ないことは
もう九十

山内峯子（93歳）

誕生日
しわ取りクリーム
嫁がくれ

尾崎サカエ（92歳）

九十歳
好きと言われば
頬(ほほ)染める

坂井艶子（90歳）

初恋は
美しすぎて
酔いしれる

志鎌清治（97歳）

ライバル同士
彼女他界で
仲直り

門馬旭（90歳）

足の爪
切る商売が
成立し

山本敏行（98歳）

手のひらに
五分陽《ひ》を浴び
ビタミンD

川端照子（91歳）

針箱の
角に躓《つまづ》く
情けなさ

高橋知杏（94歳）

風呂上がり
ポカリさわやか
生き返る

斉藤恵美子（97歳）

なつかしい
今でもわかる
元素記号

千葉家壽子（87歳）

過疎地にも
バブルが有った
昭和です

星 明（75歳）

実家まで
汽車十時間
今二時間

大友敏子（89歳）

なつメロや
オラも降りたぞ
ああ上野駅

菅野孝司（77歳）

老いたとは
百になって
いう言葉

大須賀博（91歳）

三年分
雑誌予約し
長生き予約

長谷川登美（75歳）

家事全部
全自動まで
生きてやる

岡部ミナ子（77歳）

誕生日
ただただ思う
母のこと

田中倶子（84歳）

我が母を
認知症ごと
抱きしめる

谷本良裕（68歳）

亡き姑《しゅうとめ》
好きな椿《つばき》に
姿変え

中村勇子（71歳）

亡き母が
手植えしボタン
今も咲く

二階堂喜久子（78歳）

とびら開け
チンしたおかず
そのまんま

佐々木美知子（75歳）

厚々の
かまぼこ食べてる
年金日

丹野典子（80歳）

ひ孫来る
元気を出すぞ
リポビタン

町田猶子（94歳）

読み聞かせ
読んだ自分が
涙ぐむ

加藤信子（75歳）

薬どこ？
朝の脳トレ
スタートよ

小野邦子（81歳）

尿漏《にょうも》れよっ
便器に着くまで
待ちやがれっ！

田村蒸治（82歳）

便座にて
スキージャンプの
着地感

前田秀夫（90歳）

ハゲの客
居なけりゃ歌う
「ヘッドライト」

生活苦
趣味も皮肉な
暮らしっ苦

言わないで
「通じ」のＣＭ
「どっさりと……」

塩コショウ
「減塩」買って
倍振って

4句とも、中沢民雄（71歳）

寄り添って
話が弾《はず》む
施設友

西沢周子（100歳）

旧友と
話に夢中
なべくろこげに

船山あきこ（97歳）

ヘソクリも
裏金だよと
妻が言う

阿部昌道（76歳）

百均は
メンツがあって
余計買う

菅田稔（79歳）

年金日
入れ歯磨《みが》いて
喉《のど》鳴らす

成澤治雄（89歳）

金貯めて
使うころは
寝たっきり

渡辺美代子（80歳）

ピサの斜《しゃ》塔《とう》
今じゃ私が
斜塔ぎみ

松田瞭子（98歳）

目が覚めた
嬉《うれ》しいけれど
午前二時

目が覚めた
喜ぶべきか
午前四時

風吹くな
地面揺れるな
長き夜

3句とも、今井慶子（89歳）

絵手紙を
詩人となって
描く女性《ひと》

佐々木克夫（83歳）

空気読め
互いに思う
ジジとババ

上久保周一（75歳）

古希にして
シフト入りする
台所

石川 昇（71歳）

妻捨てず
俺捨てられず
無事金婚

中田利幸（70歳）

連れ合って
五十年以上は
空気です

板倉ミナ子（83歳）

帰路に割れ
卵料理に
メニュー替え

神崎シゲ子（82歳）

ひとりでは
淋《さみ》しかったね
親子丼

佐藤直子（90歳）

生きてたネ!
ヤァーと声掛け
白寿会

庄子春吉（81歳）

友と会う
またねと言えない
年になり

関 悦子（78歳）

あらだあれ
先生よりも
ふけ顔で

加納恵子（76歳）

同窓会
オバケは居ない
恐れるな

岡部ミナ子（78歳）

一周忌
姉の想《おも》いか
ポピー咲く

齊藤ユリ子（87歳）

胸だして
まだ恥ずかしい
診察日

衣鳩智恵子（78歳）

レントゲン
笑顔いらぬと
技師が言い

清水潤（71歳）

ダメですか
高《こう》貴《き》香《こう》麗《れい》者《しゃ》
この字好き

藤崎英子（75歳）

お隣に
来てしまったか
霊《れい》柩車《きゅうしゃ》

石川 昇（71歳）

非常用
いつの間にやら
遺品入れ

吉田嬉子（83歳）

同じ日の祝いと香典出し違い

加茂昭六郎（81歳）

墓参り
自分の席を
確かめる

滝上善市（67歳）

墓出来て
入るだけねと
妻が言う

佐藤俊男（75歳）

いらっしゃい
近くに葬儀社
3つでき

丹野典子（81歳）

棺《かん》桶《おけ》の
寝心地試す
内覧会

宮入健二郎（85歳）

野仏の
ホホにべったり
花ひとつ

青柳ミサ（87歳）

亡くなりし
人の香残す
沈《じん》丁花《ちょうげ》

村上一枝（82歳）

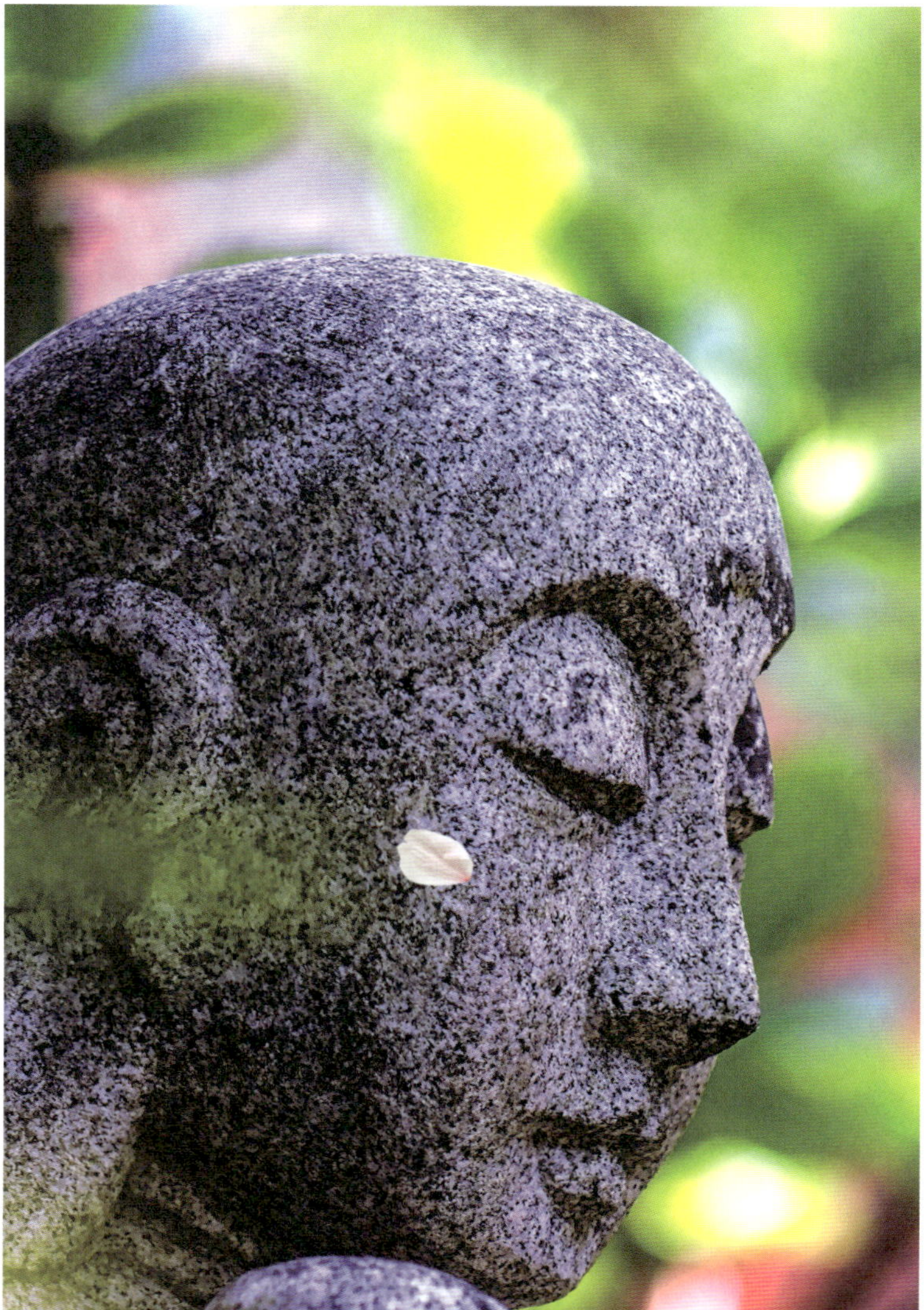

経をあげ
もすこし生きて
いいかしら

佐藤碩子（82歳）

大好きな
引っ越し九回
つぎ浄土

佐藤昭子（72歳）

ちょっと来て
天国の様子
聞かせてよ

佐藤有為子（83歳）

あの世へも
送迎バスに
来て欲しい

大日向佑子（81歳）

願い事
最後まで聞け
流れ星！

川添雅子（74歳）

流星群
願う間もなし
ああ無情

横尾久美子（82歳）

辞世の句
詠《よ》んだら元気
蘇《よみがえ》る

島田正美（75歳）

エンディング
力入れすぎ
夢日記

片倉陽子（72歳）

友はみな
天国めざして
旅に出る

高橋スマノ（97歳）

【編者あとがき】

『みやぎシルバーネット』　編集発行人　千葉雅俊

シルバー川柳をお楽しみいただきまして、誠にありがとうございます。こちらの一冊で、何回ぐらい笑っていただけましたでしょうか？　たくさん顔をほころばせて、笑顔美人、笑顔美男になっていただけたら嬉しいです！

ところで、いい年齢になると話題が病気のことや介護、○○さんを見かけなくなったとか暗いものばかりという方も多いと思います。筆者は『終活』に関する講演をよくさせていただくのですが、テーマは空き家、認知症、墓じまいと、やはり明るいものはゼロ。そこで会場の空気を和ませるために、川柳のお世話になることにしています。

たとえば『葬式』の話では、「最近の主流は家族葬。参列者が減って、香典の額は減少気味」なんて話した後に、川柳で締め。

決めかねる　もっと美人の　我が遺影　　清野はつゑ（85歳）

貯まるのは　香典返しの　茶だけです　　中鉢紀雄（76歳）

こわばっていた顔・顔・顔に笑顔がともり、寝てらした方まで笑っていたりします。

『墓』の話では、「墓継ぎのいない家が増え、墓じまいが急増」などと言って川柳。

孫たちに　骨までしゃぶられ　墓いらず　　佐藤哲造（74歳）

墓じまい　みなで押しつけ　現状維持　　大森憲一（67歳）

『遺言書』の話では、「嫁など法定相続人以外の方に財産を遺せます」と言って……。

遺言書　チラリと見せる　老いの知恵　　瀬戸睦子（62歳）

やるもんか　紙幣に名前　書いて死ぬ　　秋葉秀雄（71歳）

人間味にあふれる川柳、たとえ人間性を疑われそうな率直な心情であっても、川柳にしてしまえば間違いなく笑っていただけます。講演時の筆者にとって川柳は切り札、スーパースターなのです。皆さんもお気に入りの川柳で、お茶会や飲み会などの座を盛り上げたり、どうぞ、スターの出番を作ってあげてください。人を笑わせる快感は格別！　健康面にも大いにプラスになると思います。

河出書房新社「シルバー川柳」編集部

本書の編集作業も大詰めの今、パリオリンピックでは日々大熱戦が繰り広げられています。ぎりぎりでまさかの大逆転も多く、勝っても負けても、アスリートたちの「最後の一瞬まで諦めない」力を出し切る姿に心動かされます。

一流アスリートのように一つのことに集中！　とはなかなかいきませんが、読者の皆さんも日々の暮らしの中で、自分のありたい姿に向かって「全力を尽くす」「我を忘れる」瞬間があるのではないでしょうか（別に立派なことばかりでなくても！）。

●市内でボランティアとして「おたふくまめ」のふくちゃん、まめちゃんコンビで漫才活動を続けて18年。M-1にも7回出場、1回戦敗退。でも今では川柳ネタを自分達流にアレンジしてステージに立ってます。主婦、2人あわせて152歳のコンビです。

（大分県　T・Kさん　75歳）

●運転免許を返納し、外出も少なくなり読書が楽しみです。詩とか短歌が好きでまだ上手にはできませんが、本が発売になれば読んでいます。（静岡県　N・Aさん　85歳）

●2年前に脳梗塞で入院。リハビリ中に「笑いが大切」と聞き、シルバー川柳を読み続け、早期回復を祈りながら〝笑顔で〟笑うを続けています。（福島県　S・Tさん　86歳）

●書店からシルバー川柳の本が届いたと連絡があり、書店に飛んで行き、公園で声を出して一気に読みました。面白くて「ワハハ　ワハハ」と声を出して笑いました。皆様、高齢とは思えないほど気持ちは若々しく、元気だなあと思いました。

（大阪府　N・Yさん　71歳）

皆さんのお便りから、誰もがわが人生の主人公！というフレーズが湧いてきて、この巻を「人生に金メダル編」と名付けました。人生は時に山あり谷ありですが、シルバー川柳の笑いとしみじみの力で、皆で応援しあっていけるといいですね。

60歳以上の方の
シルバー川柳、募集中！

ご投稿規定

- 60歳以上のシルバーの方からのご投稿に限らせていただきます。
- ご投稿作品の著作権は弊社に帰属します。
- 作品は自作未発表のものに限ります。
- お送りくださった作品はご返却できません。
- 投稿作品発表時に、ご投稿時点でのお名前とご年齢を併記することをご了解ください。
- ペンネームでの作品掲載はしておりません。

発表

今後刊行される弊社の『シルバー川柳』本にて、作品掲載の可能性があります（ご投稿全作ではなく編集部選の作品のみ掲載させていただきます）。

なお、投稿作品が掲載されるかどうかの個別のお問い合わせにはお答えできません。何卒ご了解ください。

あなたの作品が本に載るかもしれません！

ご投稿方法

- はがきに川柳（1枚につき5作品まで）、郵便番号、住所、氏名（お名前に「ふりがな」もつけてください）、年齢、電話番号を明記の上、下記宛先にご郵送ください。
- ご投稿作品数に限りはありませんが、はがき1枚につき5作品まででお願いします。

〈おはがきの宛先〉

〒162-8544
東京都新宿区東五軒町2-13
（株）河出書房新社
編集部「シルバー川柳」係

※2024年5月より、宛先の住所が変わりました。ご注意ください。

みやぎシルバーネット

一九九六年に創刊された高齢者向けのフリーペーパー。主に仙台圏の老人クラブ、病院、公共施設等の協力を得ながら毎月三五〇〇〇部を無料配布。高齢者に関する特集記事やイベント情報、サークル、遺言相談、読者投稿等を掲載。
https://miyagi-silvernet.com

千葉雅俊　『みやぎシルバーネット』編集発行人

一九六一年、宮城県生まれ。広告代理店の制作部門のタウン紙編集を経て、独立。情報発信で高齢化社会をより豊かなものにしようと、高齢者向けのフリーペーパーを創刊。シルバー関連の講演会などの活動も行う。選者を務めた書籍に『シルバー川柳』『超シルバー川柳』シリーズ（小社）、『シルバー川柳　孫へ』（近代文藝社）。著書に『みやぎシニア事典』（金港堂）などがある。

ブックデザイン　GRiD

編集協力　毛利恵子（株式会社モアーズ）
忠岡 謙　（リアル）

写真　共同通信社　ピクスタ

Special thanks　みやぎシルバーネット「シルバー川柳」読者、投稿者の皆様。
河出書房新社編集部に投稿してくださったシルバーの皆様

笑いあり、しみじみあり
シルバー川柳　人生に金メダル編

二〇二四年九月二〇日　初版印刷
二〇二四年九月三〇日　初版発行

編者　みやぎシルバーネット、河出書房新社編集部
発行者　小野寺優
発行所　株式会社河出書房新社
〒一六二-八五四四
東京都新宿区東五軒町二-一三
電話　〇三-三四〇四-一二〇一（営業）
〇三-三四〇四-八六一一（編集）
https://www.kawade.co.jp/
組版　GR.iD
印刷・製本　TOPPANクロレ株式会社

Printed in Japan　ISBN 978-4-309-03217-7

次号予告

次の第26弾シルバー川柳本は

2025年1月ごろ

発売予定です！

バックナンバーも好評発売中です。

〜くわしくは本書の折り込みチラシをご覧ください〜

「脳活シルバー川柳」本も

10月上旬に発売予定！

お楽しみに♪

河出書房新社　Tel 03-3404-1201

https://www.kawade.co.jp/